はやく　はやく

飯野由希代　作　　藤田ひおこ　絵

もくじ

4　いえに　かえっても、はやく、はやく

1　あさから、はやく、はやく

「ひかりちゃん、みんな　もう　あつまってるよ。はやくね。」
しゅうだんとうこうの　はんちょうの　おねえさんが
うちに　むかえに　きた。
えっ、もう　そんなじかん？
おおあわてで　二《に》かいの　へやに　ランドセルを　と

りに　いった。うしろから、ママの　大《おお》きな　こえが
きこえてくる。

「ほら、みんなを　またせちゃ　だめでしょ。はやく、はやく。」

「うん。ちょっと　まってて。」

ランドセルを　もってから、つくえの　上《うえ》の　かみに　きがついた。きょうの　ずこうに　つかう　どうぐの　メモだ。

マジックを　もって　いかなくちゃ。

すっかり　わすれてた。

はやく

「ひかり、まだなの？　はやくね。」
また、ママの　こえが　きこえてきた。
うん。わかってるよ。でも、あんまり「はやく」って
いわれると、なにを　すればいいのか　わからなく
なっちゃう。
おちつかなくちゃ。

「ずこうの　よういを　わすれてたから、さきに　がっこうへ　いってください。」

まどから、おねえさんに　大《おお》きな　こえで　いうと、

「わかった！　ちこくしないように　はやくね、ひかりちゃん。」

と、へんじが　きこえてきた。

ああ、これで　あんしん……なあんて　おもってる
ばあいじゃない。またまた、ママの　こえが　きこえて
きた。
「ひかり、はやく、はやく。ちこくしちゃうわよ。」
あわてて　ずこうの　よういを　して、いえを　とび
だした。
はやく、はやく。

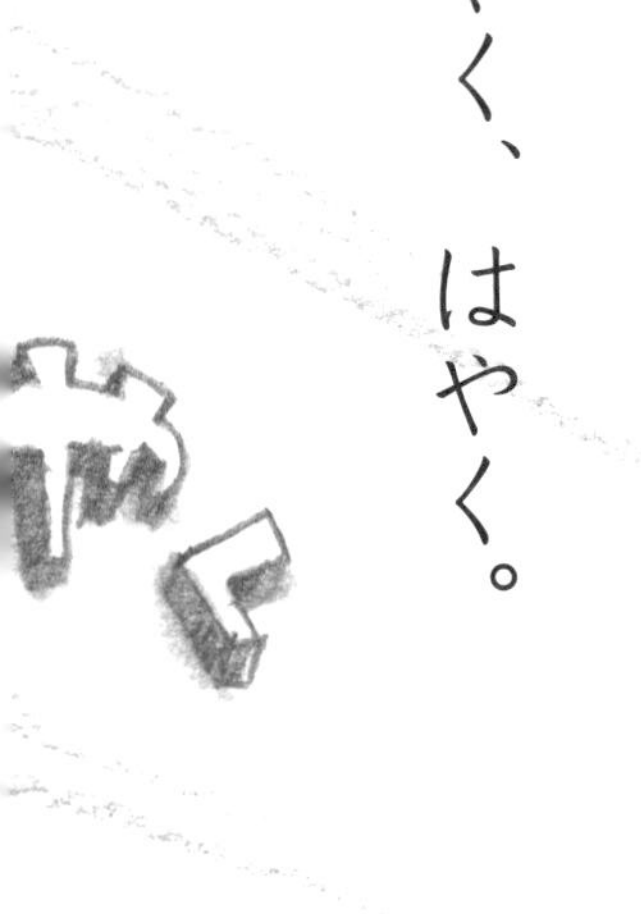

はやく

2　がっこうに　ついても、はやく、はやく

がっこうまで　はしって　いくと、はじまりの　チャイムが　きこえてきた。げたばこの　ところに　こうちょう先生《せんせい》が　たっている。

「おはようございます！　はやく　きょうしつに　はいりましょう。」

こうちょう先生《せんせい》にまで「はやく」って　いわれちゃった。

きょうしつの　まえで、大《おお》きく　いきを　すって、そおっと　うしろの　とびらを　あけた。
「あ、ひかりちゃん、もう、先生《せんせい》きてるよ！　はやく、はやく。」
なかよしの　ゆみちゃんが　おしえてくれた。
みんなが　いっせいに、あたしの　ほうに　ふりむいた。とたんに、じぶんの　かおが　かあっと　あかくなるのが　わかった。

「ひかりちゃん、はやく　せきに　つきましょうね。」
いつもは　やさしい　先生《せんせい》に、きびしい　かおで　いわれちゃった。
あせって　つくえの　かどに　ぶつかりそうに　なりながら、じぶんの　せきまで　たどりついた。
もうっ、「はやく」なんてことば　なくなれば　いいのに。

3　ずこうの　じかんも、はやく、はやく

一《いち》じかん目《め》は、ずこうだった。

「きょうの　ずこうは、とうめいな　ふくろで、ふうせんを　つくります。」

先生《せんせい》が、みんなに　みえるように、ふくろを　たかく上《うえ》に　あげた。

「ふくろに　いろんないろの　マジックで　えを　かい

て、それを、ふうせんの　ように、ぷうっと　ふくらませます。」

「はあい。」
みんなは、すぐに、はなや　のりものや　きれいな
もようを　ふくろに　かきはじめた。
「おてんきが　いいので、ふうせんが　できたら、そと
で　たいようの　ひかりに　あてて　みましょうね。」
先生《せんせい》が、きょうしつの　まどから　そらを　ながめて
いる。

なんの　えを　かこうかな。マジックを　にぎりしめながら、じっと　かんがえた。

そのうち、みんな　ふうせんを　もって、きょうしつから　そとへ　でていって　しまった。

ゆみちゃんが、あかと　ピンクの　ハートもようのふうせんを　つくって　やってきた。

「ひかりちゃん、はやく　そとに　いこうよ。」

「あたし、まだ　なにを　かくかも　きまってないの。」

「じゃあ、まってるね。はやく、はやく。」
ゆみちゃんが、じぶんの　ふうせんを　てのひらで
ぽんぽん　おどらせて、あそんでいる。
あーあ、まってられると、あせるのにな。
なにを　かこうかな？
そうだ！　かいじゅうの　えを　かこう。
「はやく」を　たべちゃう、かいじゅう「ゆっくりザウルス」だ。

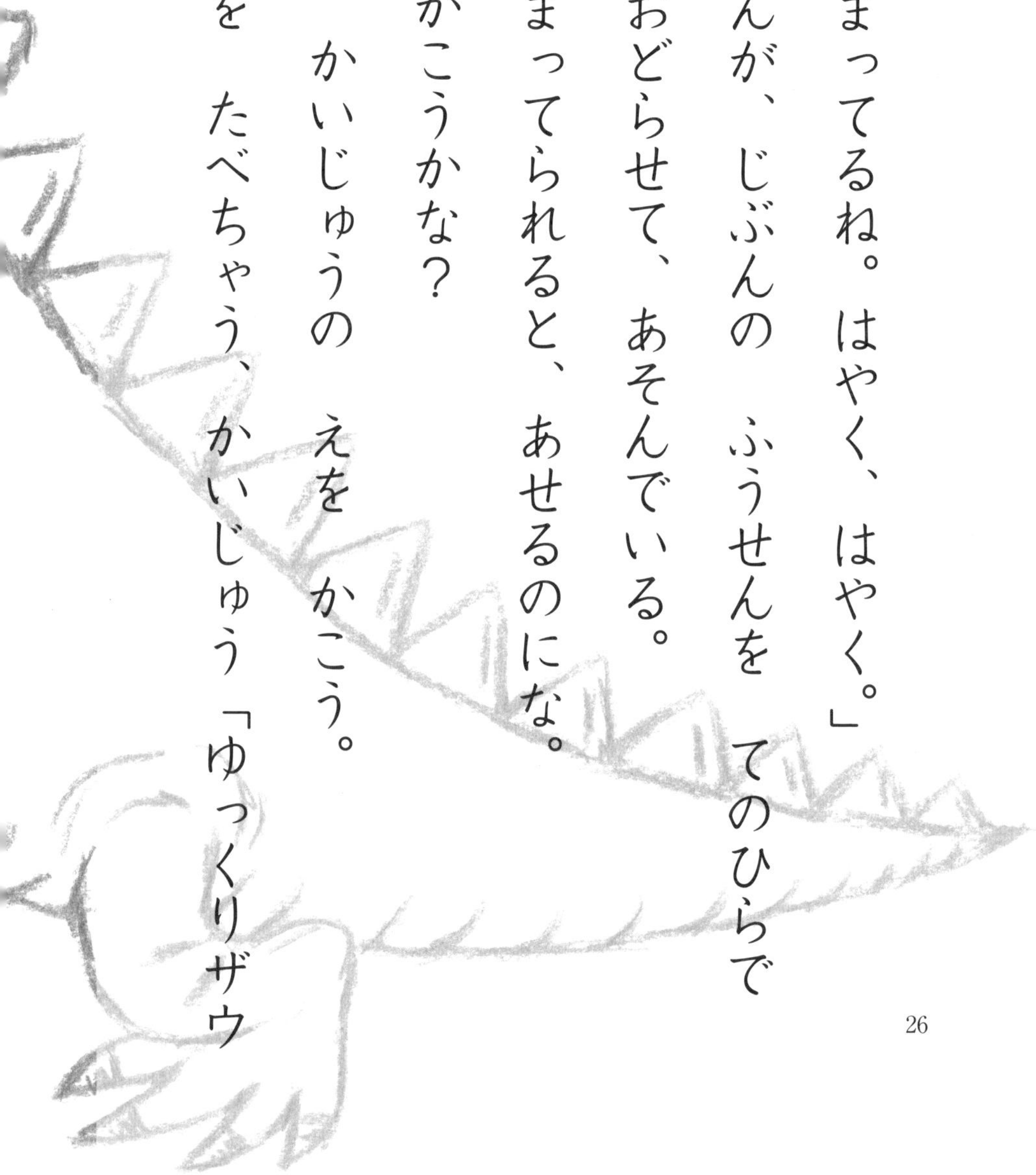

は

かぞくで　どうぶつえんに　いったとき、「バク」って
どうぶつは　ゆめを　たべるって、ママが　いってた。
だったら、「はやく」を　たべる　かいじゅうが　いて
も　おかしくないよね。
つりあがった　まゆげに　つよそうな目《め》。
「はやく」を　たべちゃう　大《おお》きな口《くち》。
できた、ゆっくりザウルス！

するとゆみちゃんが　あたしの　ゆっくりザウルスを　とりあげて、

「もうっ、ひかりちゃん　はやく！　あたしが　ふくらませて　あげるよ。」

と、ぷうっと　いきを　ふきこんで、テープで　口《くち》を　ぎゅっと　しばった。

そのとたんに、ゆみちゃんは、

「もうひとつ　ゆっくり　つくろうかな。」

といって、せきに　もどってしまった。

へんなの。あんなに「はやく、はやく。」って　いってたのに。

ゆみちゃんは　せきに　もどって、なにを　かこうか　じっと　かんがえてる。

ゆっくりザウルスが、ゆみちゃんの　はやくを　ほんとに　たべちゃったのかな？

「ゆみちゃん、まあだ？」

まちきれなくなって、ゆみちゃんの　ところへ　いった。

「うん、ちょっと　まってて。あたし、もうひとつ　つくりたいの。ね、ふたりで　いっしょに　つくろうよ。」
「ようし、なにを　かこうか。」
ふたりで　ゆっくり　かんがえて、あたしたち　ふたりが　いっしょに　すむ　いえを　かいてみた。
ひろい　にわを　かいた。
ちいさな　いぬが　二《に》ひきいるの。
ゆみちゃんと　いっしょに　ていねいに　いろを

ぬった。

あたしと　ゆみちゃんの　ふたりの　ふうせんが　できた。

ゆみちゃんの　ハートの　ふうせんと、あたしの　ゆっくりザウルスと、それに　ふたりの　いえを　かいた　ふうせんを　もって　そとへ　でた。

ゆみちゃんが　ふうせんを　たいように　あてている。

「あたし、ゆっくりって　だいすき。」

「ええっ？」

いつもの　ゆみちゃんを　みていると、とても　そんなふうには　おもえないけど。ゆっくりザウルスが「はやく」を　たべちゃったせいかな。

「だけど　ゆみちゃん、さっきだって、はやく　そとに　いこうって、よびに　きたじゃない。」

ゆみちゃんは「ふふっ。」って　わらった。

「それはね、いそいで　そとに　でて、ひかりちゃんと、いっぱい　あそびたいって　おもったからだよ。」

「え、ほんと？」

「でも、ふたりで　いっしょに　つくったら　たのしかったわ。いそがなくても　よかったんだね。」

「うん！」

ゆみちゃんと　かおを　みあわせて　わらった。

ずこうの　じかんが　おわって、ふうせんの　くうきを　ぬいた。
そのとたん、ゆみちゃんったら、
「はやく、はやく、ひかりちゃん。」
といいながら、いそがしそうに　かたづけはじめた。
ゆっくりザウルスが　ゆみちゃんの「はやく」を　はきだしたんだ。
「はやく　かたづけて、のこりの　やすみじかん、いっ

ぱい　あそぼうよ。」
ゆみちゃんったら、　もうっ。

4　いえに　かえっても、はやく、はやく

「ママ、ただいま。」

「おかえり、ひかり。きょう、がっこう　まにあったの？　はやく　てを　あらって、うがいしようね。」

「はーい。」

「おやつを　つくるから、ランドセルおいて、おりてらっしゃい。はやく、はやく。」

ああ、ママ、おねがいだから　そんなに　いそがせないで！

へんじだけして　二《に》かいの　じぶんの　へやに　いった。そして、ゆっくりザウルスを　ランドセルから　とりだした。

また、だいどころから　ママの　こえ。

「ホットケーキ、やけたわよ。はやく　おりてこないと　さめちゃうわ。」

ほんとに　もうっ。どうして　おやつまで　いそいで　たべなくちゃ　いけないのよ。

じかんわり

わざと　ゆっくり　かいだんを　おりて、ママに
ゆっくりザウルスを　みせた。
「ね、かわいいでしょ。ママ、ちょっと　ふくらませて
みて。」
「もう、ママ、いそがしいんだから。じぶんで　ふくら
ませばいいのに。」
ママは　わらいながら、ゆっくりザウルスを　手《て》に
とった。

やった！　ゆっくりザウルス、ママの「はやく」を
たべちゃって！
「はい、ふくらんだわよ。」
ママが、ふくろの　口《くち》を　ぎゅっと　にぎりしめて、
あたしに　さしだした。ママの　かおは、いつもと　ちがって　やさしそうに　なっている。
ふくろの　口《くち》が　ひらかないように、テープを　かたく　かたく　なんじゅうにも　はりつけた。

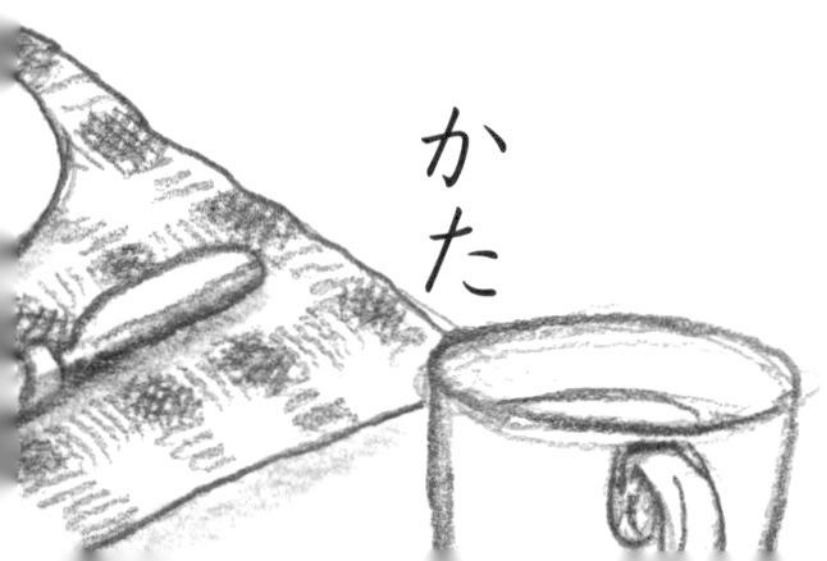

「ひかり、きょうは　ゆっくりしようか。」

ママは、しゃべりかたまで　ゆっくりだ。

それから、ごはんの　よういを　ほったらかしにして、
のんびりと　リビングの　ソファーに　ねそべった。

ああ、これで　ゆっくり　ホットケーキが　たべられる。のんびりと　だいどころで　だいすきな　ホットケーキを　あじわった。

ところが、ママったら　あたしに　きが　ついて、

「あら、ひかりも　ここで　いっしょに　おひるねしましょ。」

って、ママ、もう　ゆうがただよ。

「よく　できてるわね。」

ママは、ゆっくりザウルスを　ゆっくり　ながめてる。

そうだ、こんなときにこそ……。

じぶんの　へやから　おきにいりの　えほんを　もってきて　ママに　おねがいした。

「ねえ　ママ、これよんで。」

「そうそう、むかしは　よく　よんだわね。」

ママは　ソファーから　おきあがって、えほんを　ていねいに　よんでくれた。

「もう、一《いっ》さつ。」

よみおわると、また　おねだりした。

「いいわよ。」

ママは、なんさつも　えほんを　よんでくれた。

いつもは、「いそがしいから　じぶんで　よみなさい。」って、いうのに。

「きょうは　ひかりと　ひさしぶりに　のんびりできて
ママ、すごく　うれしいの。やっぱり　のんびりって

いいわあ。」

「えっ、だって　ママ、いつも　はやく、はやくって　いってるじゃない。あたし　ママが　いうように　なんでも　はやく　できないの。」

「そうなの？　ママ、きが　つかない　うちに　ひかりを　すごく　いそがせて　いたのね。ごめんね。あのね、ほんとはね、ママの　ほうこそ、とっても　のんびりやさんなの。」

ええっ？　そんなの、しらなかった。

「でも、いつも　やること　いっぱいあって。だから、いそいで　やらないと、のんびりできないのよ。」

「そうだったの。でも、のんびりするために　いそぐなんて　なんだか　おかしい。」

「ほんとね。」

ママが　わらいだした。

きっと　ママも、じぶんに　はやく、はやくっていってたんだね。

それから　ママは、

「ずっと　ゆっくりが　いいわねえ。」

といいながら、また、ごろりと　ソファーに　ねころんだ。

ママったら、ごはんの　よういも　してないし、パパが　かえってきたら、びっくりしちゃうじゃない。

「ねえ　ママ、あたし、おなかすいたよ。」

ママの　からだを　おこそうと、手《て》を　つかんで　ひっぱった。

「ひかりったら、そんなに　せかさないで。もうちょっと　このままで　いましょうよ。」

「えっ、まだ、ゆっくりするの？」

「もちろんよ。ゆっくり　のんびり、ゆっくり　のんびり。」

ママが　ゆっくりザウルスを　あたしに　むかって

ほうりなげた。

「ねえ、ママ。これいじょう　のんびりしたら、おなかが　すきすぎちゃうよ。ねえ、ねえ。」

でも　ママは、しらんかおして、

「ゆっくり、ゆっくり。」

って、ゆっくりザウルスを　ほうりなげてる。

ええいっ、もう！

ママから　ゆっくりザウルスを　とりあげると、

パンッ！

おもいきって、りょう手《て》で　ゆっくりザウルスを　たたきつぶした。

とたんに　びっくりした　ママが、おきあがって　とけいを　みた。

「きゃあ、こんなじかん！　はやく　ごはんの　したくしなくちゃ。」

いつもの　ママに　もどった。

「ママ、はやく、はやく。おいしい　ごはん、つくってね。　あたしも　てつだうよ。」

飯野由希代（はんの・ゆきよ）　作家
神奈川県茅ヶ崎市生まれ。平塚市在住。日本児童文芸家協会会員 。「それいゆ」同人。「ぼくといっしょに住む人たち」で「第3回グリム童話賞」優秀賞。「なかよしキッズ・ヘアー」で「キッズエクスプレス21創作童話・絵本コンテスト2005」大賞。「おてがみ　ありがとう」で毎日新聞「小さなおはなし」読者の創作童話　第2回最優秀作。主な作品に『そらにむかってあまがえる』『もしもし　あのね』『びゅうん　びゅうん』（いずれも鈴木出版）などがある。

藤田ひおこ（ふじた・ひおこ）　画家
香川県生まれ。児童書のさし絵、絵本を中心に活躍。主な作品に『てのひら』（PHP研究所）、『うちの屋台にきてみんしゃい』（岩崎書店）、『ぶなぶなもりのくまばあば』（あかね書房）、絵本『いちねんせいのいちにち』シリーズ、『ようちえんのいちにち』シリーズ（佼成出版社）、『いのち運んだナゾの地下鉄』（毎日新聞社）、『冒険に行こう、じいちゃん』『ひきだしの魔人』（文研出版）などがある。日本児童出版美術家連盟会員。

わくわくえどうわ
はやく　はやく
作　者　飯野由希代
画　家　藤田ひおこ

2012年3月30日　第1刷
2013年4月30日　第2刷
NDC913　A5判　72P　22cm
ISBN978-4-580-82137-8

発行者　佐藤徹哉
発行所　文研出版　〒113-0023　東京都文京区向丘2－3－10　☎(03)3814-6277
〒543-0052　大阪市天王寺区大道4－3－25　☎(06)6779-1531
http://www.shinko-bunken.com/
印刷所　株式会社太洋社　製本所　株式会社太洋社